文芸社セレクション

# 私の細腕繁盛記―歌とともに

マダム よ志子

MADAM Yoshiko



文芸社

# 私の細腕繁盛記―歌とともに

私は今七十九歳、結婚して五十四年になります。主人と子供二人（すでに結婚しています）の家族がいます。私は三人姉妹の長女です。小さい頃から父に「お前は三人姉妹の長女だから『読み・書き・ソロバン』と、そして勉強しろ！　勉強しろ！」と常に言われてきました。おかげでお習字を習い、そしてソロバンも習い暗算も得意でした。高校までしか出ていませんが、当時ではなかなか難しい公立高校に入学しました。そして高校卒業と同時に就職です。

学校には有名な企業の求人がいっぱいきていました。私はまだ小さな会社であった〝ホンダ（当時は本田技研工業株式会社）大阪支店〟を選びました。筆記試験・ソロバン・面接で何十人の中から二人だけ選ばれました。たった二人の中に選ばれたのですから、嬉しかったです（昭和三十六（一九六一）年四月入社）。

そして入社して受付の部署にまわされました。その当時はまだ四輪の乗用車も出ていない、小さな会社で、大阪支店だけでも男性十人位と女性五人位とまかないを作るおばさん一人くらいの小さな会社でした。でもそれからというものの次々と新しい機種が開発され、農耕機もあり、在籍五年ほどだったのですが、すごい会社に成長していきました。ホンダの社長様が一度大阪支店に来られた時も真っ赤なブレザーを着られていて、すごいオーラを感じました。

昭和四十一（一九六六）年三月、私は本田技研工業大阪支店を退職致しました。丁度その前年の九月に私の父も酒食品問屋を定年退職し、父の経験を生かして酒屋を開業しようということになり、開店準備に入りました。父が店舗探しを始め、同じ京阪沿線で〝香里園〟という駅から徒歩で十分位の場所でお風呂屋さんの前という好立地な場所をみつけました。二階建ての店舗付住宅で四軒長屋の二軒目を購入致しました。私もお店を持ちたい！　自分で何かしたいという気持とで父と一緒に酒屋をすることを決断致しました。父の退職金と私の「ホンダ」在籍時代に貯めたお金をあわせて先程の十五坪の店舗付住宅を購入し、そして税務署へ免許（お酒の）申請、父と一緒にペコペコ頭を下げて何回も頼みに行きました。そして、昭和四十二年九月、やっとお酒の免許が下りました。

その時の父の言葉は私の心に響きました。

〝お酒は人生に於て喜びにも悲しみにもつきものや〟〝食物と一緒ですたることはない〟〝お酒の免許さえ取っておけば一生安泰や〟

父の得意そうな顔をみて私も頑張ろうと思いました。

最初は五坪のお店でカウンターのある立呑みの出来る酒屋を開店。開店資金は母の弟夫婦から借り入れました。その当時で三十万円也。父・母・私・妹達とではじめました。父がお酒飲みでとってもイヤだったのですが、少しずつ教えてもらい毎月税務署に提出する書類も私が書きました。

父がおでんを作りカウンターで楽しそうにお客様と話しているのをみると〝本当に楽しそうだなー〟と思いました。

そうこうしているうちに、昭和四十三（一九六八）年一月に上の妹が結婚して私も昭和四十三（一九六八）年五月に結婚致しました。籍は主人の方に入りましたが酒屋の仕事は一緒に頑張ってくれるということで現在に至っております。

お酒は余り飲まないのですが、甘いものが大好きな主人です。

結婚してすぐ長女誕生！　翌年長男誕生！　本当に目のまわるような

忙しさでしたけれど父と母に助けてもらい、産後一か月程で請求書作成とかですぐに店に従事しました。

最初は店売り一日三〇〇〇円から一〇〇〇〇円位（一日）、外販も含めても一か月百万円から二百万円位の売上でした。

小さなホンダの軽トラックを買い、主人と父が交代で〝ご用聞き〟に行ったり配達に行ったりして、少しずつ忙しくなってきました。アルバイトの大学生の男の子も雇いました。

毎日忙しくしている間に八年が過ぎました。その当時はまだ空き地がいっぱいあり今の店舗の横も空き地で、一戸建が十軒建ち丁度角地の一軒だけが店舗付住宅とのこと。住宅会社の人が話をもってきてくださいました。今のお店より二十メートルほど離れて角に面して前は少し広い道とのこと、父も母も主人も私もすぐに買う決断を下しました。坪数は十五坪程だったのですが、広い道路に面した角地であったこと！　一戸そして建であったこと！　店は七坪で前の店より少し広かったこと！　そしてお酒の免許も又税務署に移動を申請に行きました。

二階が住居、一階が店舗と台所ということで、住宅会社の人と話が煮詰まりワクワクしているところに、又、住宅会社の人から〝隣もどうですか？〟という話がきました。父と母の住居と下は倉庫でということで又買うことを決断致しました。両方合わせて三十一坪、当時で二九五〇万円だったと思います。当時は建売り住宅がいっぱい建ちバブル時代の幕開けだったのではと思います。

どんなお店にするべきか、主人共々一生懸命に考えました。今までは店ではほとんど売れなくて〝ご用聞き〟がメインでした。何とかお店で売れるようにしたいと思い、パンを置いた店作りをしようと考えました。なぜパンを組み合わせたかといいますと、〝酒屋をおしゃれにしたかったこと〟と、当時、酒屋はつけ（掛売）の商売で売上の殆どがつけ（掛売）であったので現金で売れる店作りをしたかったためです。

そして昭和五十（一九七五）年三月、〝パンとワインとお酒の店〟として開店！　徹夜で開店準備！　手配りでご近所へのチラシ配り！　ヤマザキパンからも応援に来てもらい、華やかに開店！　主人も私も父も母もてんてこまいで大忙しの中で本当に嬉しかったです。

しかしその年の六月、店舗電気工事のミスで店舗火災になり全焼してしまいました。夜半（一時三十分位）に店の下から階段を通って〝煙のかたまり〟が上がってきました。主人が真っ先に気付きベランダから下に降り、私が子供達二人を主人の待っている下に下ろして私が地面に下りた時、空けた窓から〝ほのお〟があがりました。近所の人が電話をしてくれていたおかげで消防車が来るのが早かったので類焼もなく収まりましたが、私の店舗付住宅は全焼致しました。火の周りの早さ！　鼻につついてはなれないあの臭い！　煙のかたまりが階段から上がってくるあの怖さ！　いつまでも私の頭から離れません。あの時主人と私はすぐ離され別々に警察の人に事情聴取を受けました。気がつけば私は寝間着のままでもうフラフラでした。子供達は近所の方が大事に預かって下さっていました。子供達も小学校一年生と二年生になっていましたが、どんな思いだったでしょう。

原因は店舗工事の配線ミスであの時、店の中の行灯の中から火が出たようです。店舗工事会社のミスなのになかなか保障してもらえず、私は裁判所にも行きました。あまりはっきり覚えてませんが、弁護士さんに付いて行ってもらいました。少し保障をしてもらい新築の店舗だったので火災保険にも入っていたので一から建て直し、〝パンとワインとお酒のお店〟を再開店しました。

ご近所のお客様は大喜びで来て下さいました。ヤマザキパンの会社から朝早くシャッターの中にパンが運ばれます。母が朝早く起きてパンを並べ食パンを切ってくれます。五枚切六枚切七枚切と。そして菓子パンをパン棚に並べ、一番上の段に食パンを並べます。レジの中につり銭を入れ開店準備です。牛乳・玉子その他、忘れ物がないかチェックして午前七時、母と二人でシャッターを開けます。待ってくださっているお客様もいます。母と二人で対応して、私がレジをうち、母が袋に入れてゆきます。思いっきりの笑顔で対応してお客様に接するのが、母も私も大好きでした。

〝いさむ君〟という可愛い男の子がいました。まだ小学校低学年だったかな！　母も私も大好きで〝いさむ君、おはよう〟って迎えていました。最近、いさむ君のお母さんに何十年ぶりかで会いました。〝いさむ君、お元気！〟と私。〝いさむはね、二十歳になるやいなや、癌にかかってあの世に行っちゃったの〟もう私は返す言葉もなくお母様の顔が見れませんでした。いさむ君！　天国で安らかに過してね。

その当時もパン以外にもお店の商品の品出し、翌日のパンやその他の発注。主人はお酒の発注、在庫管理、お得意様への配達。大学生のバイトさんに手伝ってもらって、毎日が目の廻るような忙しさでした。私も母も子供達、孫達の食事作りとかで一日が夢の様に過ぎてゆきました。火事から再建して、父も隣の倉庫の場所で立呑みをしたりして、本当に満足そうな日々を過しておりました。

ある日の朝、店の開店準備をしていると父の様子が少し変だとのこと、主人を起こして父を車に乗せ私も横についてかかりつけのお医者様に診てもらいました。行く車の中も病院についてからも少ししんどそうだったのですが、会話は成り立っていました。お医者様も〝ちょっと血圧が高いので入院してみましょう〟ということでお部屋を用意して頂いて、〝さあどうぞ〟と言われてベッドの上へ座った途端に父は〝ガク！〟となりそのまま帰らぬ人となりました。あまりにもあっけないお別れになってしまいました。あまりにもあっけない死に方だったのですが、父がやりたかった酒屋が出来たこと！　少しずつですが店が大きくなったこと！　パンも置ける角店になったこと！　きっと満足してあの世に旅立ってくれたのだろうと思います。

あっという間に五年の歳月が流れ、ある日、ヤマザキパンの方から〝コンビニ〟の話がありました。その当時はまだ近くにローソンが一軒出来たところでした。当時のコンビニは今の様に二十四時間体制ではなく、朝七時開店夜十一時閉店の時間制でした。ヤマザキパンからの熱心なすすめもあり、又、母、主人、私と三人で決め〝ヤマザキデイリーストアー〟として十四坪に改装しました。ヤマザキパン京都工場の管轄の中で酒屋で一番乗りのコンビニ経営とのこと。

昭和五十六（一九八一）年三月、〝ヤマザキデイリーストアー〟として開店！

又々、ご近所のお客様は大喜びです。今のコンビニほどの品数はありませんが、パン・おむすび・お弁当・日配品・ジュース・お酒・ｅｔｃ、毎日レジも大忙し、仕入れも大変でした。

当時からパソコンも導入され、本部へ発注は全部パソコンででした。パートさんも二、三人来てもらい、私と一緒にパソコンを教えてもらい、レジをうって笑顔でお客様に対応したり、必死になってパソコンで発注したり、忙しい忙しい日々でした。

そうこうしている内に主人が〝駅の近くでいい物件を見つけた〟と得意気な顔をして帰ってきました。三階建のマンションの一階部分で、なかなか立派な建物でした。新築で駅から二、三分の所でした。コンビニをしてまだ三年位しか経っていなかったのですが、主人も私も意欲に燃えていました。

当時お酒のメーカーさんや問屋さんが来て〝居酒屋〟さんとかの話をしてくれたり見学に連れていってくれたりしました。〝居酒屋〟さんとかは当時おっちゃんが行く所とのイメージが強かったのですが、見学させて頂いた所は若い男性がカウンターの中やホールにいて、若い女性のお客様がいっぱいというお店を見学させて頂きました。楽しそうなお客様の顔・顔、私も居酒屋というのは〝お酒の好きなおっちゃんの行く所〟と思っていたのでびっくり仰天でした。当時その物件は保証金二〇〇〇万円家賃四十万円でした。又借入れですが主人と二人決断しました。主人が酒屋とコンビニの方を！　私が居酒屋を頑張る決断で進みました。

と言っても私は酒屋とコンビニの経験しかありません。まずは人材募集です。当時はいい人材が集まりました。店長として一人正社員を入れ、後はバイトさんを沢山入れました。近くに有名な大学があったのでバイトさんには困らなかったように思います。

そしてパートさんとかにも入ってもらい、昭和五十九（一九八四）年三月十二日、〝炭火居酒屋　人生劇場〟として五十席のお店を開店致しました。待っていて下さったかの様に沢山のお客様が来て下さいました。

店長をまかせた彼がなかなかしっかりした経験者だったので、私は入らないで彼にまかせました。彼は二十代後半で、アルバイトさんはほとんど大学生。男性ばかりで始めました。仕込みを手伝うパートのおばさんと私だけが女性です。お客様はやはり若い女性が多かったです。

仕込み（営業の前準備）も大変で、焼とりの串刺しも大変です。店長が毎日串をさしてくれました。パートさんと私で店の掃除をしたり、付出し（お客様全員にお出しするお惣菜）を作ったり、本当に忙しい日々を過していました。

私はコンビニエンスストアーの事務・お金の管理・居酒屋の方の事務・お金の管理、主人がお酒の配達とお金の管理、それぞれ忙しく毎日を過しておりました。

居酒屋はコンビニエンスストアーのような物品販売と違って仕込みが大変です。十三時頃店に入り仕込みに入ります。焼とりの串刺し、ｅｔｃ、いっぱいすることがあります。そして十七時開店、二十三時三十分ラストオーダー、二十四時閉店です。レジのお金を計算し、明日の仕込みの段取りを考え、彼らの帰宅は午前一時頃になります。彼らもクタクタだと思いますが、お客様の笑顔をみると頑張ろうと意欲がわいてくるそうです。店長は翌日の十三時過ぎに事務所に昨日の売上金と伝票を持ってきてくれます。前日の話を聞いて〝今日も頑張りやー〟と言って笑顔で送り出します。私はコンビニエンスストアーの方が忙しいので、主人が殆ど対応しております。

そんな形で居酒屋も二年程続いたでしょうか。バイトさんも集まる月と集まらない月とがあったりで、店長から人を採用してほしいという話があり正社員募集をかけました。売上も順調よく上がってきていたので。

今回の正社員募集できた人も三十歳ちょっと前で結婚しているとのこと、奥さんもパートで雇ってほしいとのこと、最近この近くに引っ越してきたとのこと、面接すれば二人共なかなか真面目そうだし奥さんが一緒だということで雇いました。彼は居酒屋の経験があるのですぐに間に合いました。店長とも気が合ったようでバイトさんも少なくして二人で頑張ってくれるように話しました。

順調よく二人で頑張ってくれて時は流れました。何か月かした頃に店長から〝売上金をなくしてしまった〟としょげきった状態で連絡が入りました。くまなく色々調べたのですが見つかりません。モチロン新しい彼もバイトさんもパートさんも全員調べましたが、見つかりません。店長も落ち込み、〝辞める〟とまで言い出しました。店長もいい人なんですが終ってからお酒を飲む人で毎晩のように飲んでいました。モチロン自分のお金でですが。その夜も飲んでいたようで、朝起きたらお金がなくなっていたとのこと、夜はバイトさんも社員の彼もいたとのこと、店長はどうしても責任をとって辞めると言いました。主人も私も彼を信じていましたが、本人がどうしても辞めると言いますので辞めてもらうことにしました。

彼が辞めて新しい彼が店長に！　仕事ぶりもずっとみてきたので主人

も私も信頼していました。売上も新しい彼が酒屋の方まで持ってきてくれました。そして主人ともいろいろ話をして居酒屋の方もとり仕切ってくれていました。ただ主人が月末に酒屋の方の外販で集金してくるお金がちょこちょこ合わない日が出てきていました。主人もお金に無頓着なので何か買って領収証を入れてないのかな？　と思ったりしていましたが、段々と大きなお金が合わなくなり、〝ひょっとして〟と主人と二人で彼を疑うようになりました。彼は毎日の様に居酒屋の売上を持ってきて事務所で主人と二人で話をします。居酒屋の方は週一回休みだったのですが、それ以外は彼は毎日の様に居酒屋の売上金と伝票を持ってきて事務所で主人と二人で話をします。時々主人が二階に上がったりして彼を一人にする時がありました。私は主人がいるので殆ど事務所に入らないで店のレジをしたりしていました。主人も度々自分の集金用のカバンからお金がなくなるので真剣に二人で考えました。丁度その日は土曜日でした。午前中の集金を終え主人がいつものところへカバンを置きました。で私が主人のカバンの一万円札の下に小さく〝、、〟の印をいれました。どこからみても解りません。お金にそんなことをしては絶対いけませんが、その時はその方法しかうかびませんでした。昼過ぎに彼は昨日の売上金と伝票を持って主人の所に来ました。主人が応待して話をして途中で〝ちょっとタバコをとってくるわ！〟と言って二階に上がり彼を一人にして少し時間をおいて下に降りタバコを吸って又少し話をして〝今日も頑張れよ！〟と言って帰らせました。彼の姿が見えなくなるや否や私は事務所に入り主人と一緒にカバンを開けました。一万円札が二枚程なくなっていました。月末の集金の後なのでその日は一万円札が六枚入っていましたが全部に印をつけていたので、すぐ彼を追いかけて居酒屋の店の中で彼の財布の中を開けさせて一万円札を出させました。彼は〝なぜ自分のサイフの中まで出させるんや！〟と言いましたが一万円札の下の方の〝、、〟を見せて〝このお金は主人のカバンの中のもの〟ということを説明してその場で辞めてもらいました。前の店長の時の売上金も彼の仕業だったのです。悲しかったです。長い間商売をしてきてこんな目にあって……。でも人に任すシステムがちゃんと出来ていない私達にも落ち度が充分にあったと反省しております。

辞めてもらった前の店長に対して、今でも申し訳ない気持でいっぱいです。あの時どうしてもっと深く深く調べられなかったのか！　彼が居酒屋人生劇場（香里園）の基礎を作ってくれた人で、本部に行ってメニューの殆どを勉強してくれた人です。

毎日毎日、焼とりを串に刺し、居酒屋メニューをいっぱい仕込んで、営業になればバイトさんに教えて笑顔でお客様の元へと！　こんな形でお客様に支持される店の基礎作りをしてくれた人です。今どうしているかな？　一度会って謝りたいと思っています。

店長がいなくなり私が中に入り、なんとかお店もお客様に支持されて、昭和五十九（一九八四）年から平成四（一九九二）年までの九年間いろんなことがありましたが頑張ってまいりました。

私も平成元（一九八九）年に調理師の免許を取得致しました。その間、又店長を入れたりして私もいろんなことを勉強しました。若い店長に〝だしの取り方〟〝タレの作り方〟〝串の刺し方〟ｅｔｃ、色々と教えてもらいました。本や店の中での知識を蓄積して免許を取得した時は本当に嬉しかったです。平均月商も五〇〇万円前後をキープしていました。

そんな時、主人の大学時代のお友達から連絡が入り息子さんが大阪で飲食業を勉強したいということで私の店へ入りました（高知県出身です）。高校出たての若い若い人でしたが真面目でよく頑張って十年程働いてくれました。後半は店長としても頑張ってくれました。

そうこうしている内に平成七（一九九五）年五月、同じ京阪沿線で少し大阪寄りの〝守口市〟というところに空き店舗があるからどうですか？ という話が舞い込んできました。京阪電車の守口市駅という駅前の立地。松下電器産業（株）（今のパナソニック）や三洋電機（株）という大きな会社が近くにあり、そして守口市役所とかの公共施設があり、サラリーマンの人達が行き交う好立地でした。保証金二〇〇〇万円、家賃六十五万円にちょっと驚かされましたが、駅前の立地（地下でしたが）に心が動かされ、主人共々居酒屋を守口市にも立ち上げようと決心致しました。

又々、銀行さんからお金を借り入れ、三か月かけて店長及びアルバイトさんを募集し、いろんな訓練と実習を積み重ねて、〝居酒屋　人生劇場　守口店〟を平成七（一九九五）年八月開店致しました。

香里園の店の二倍の広さです。一度に何組も来られると大変です。〝覚悟をして頑張ってね〟と店長、料理長、アルバイトさんにも通達していました。

しかし、開店してみると香里園とは全然違う感じで、忙しくなるのは木曜日、金曜日あたりで、土曜日、日曜日は近所のお客様がチョコチョコ来られるくらいで、香里園とは全然違う雰囲気でした。それからというもの、バイトの学生さん達二〜三人と私は京阪電車〝守口駅〟や〝門真駅〟に朝からチラシを配りに行ったりしました。思いっきりの笑顔で〝帰りに寄って下さいね〟とチラシを一枚一枚配りました。〝ビール一杯サービス〟のチラシを！　そんなこんなで守口店は最初は赤字続きでしたが、なんとか平成九（一九九七）年から平成十二（二〇〇〇）年頃までは利益が出ましたが、平成十二（二〇〇〇）年に近くに競合店が出来、とうとう閉店に追い込まれました。香里園のお店は近隣のお客様にささえられ毎月きちっと利益を出していましたが、守口店閉店はこたえました。が、香里園の店が順調よくお客様にささえられていたので頑張れてこれました。

コンビニエンスと居酒屋経営は大変でしたが、充実していました。コンビニエンスの経営も朝七時から夜十一時までと大変ですが、ご近所のお客様にささえられ順調よく経営してまいりましたが、酒屋の状況が変わってきました。お酒を配達する時代からお客様が車で買いに来てくださる時代に変わってきていました。

当時仲良くしていた酒屋さんのお友達が一足早く〝酒ディスカウント店〟をされていていろいろアドバイスして下さいました。話が盛り上がり、夜遅くまでになったこともあります。〝店を少し大きくしてビール等がケース買い出来るように箱ごと陳列してお客様にケースで買って頂くよう配慮をして！〟〝お客様が店に入ったらワクワクするような陳列と価格で！〟〝お酒は定価で〟〝つけで〟という時代にケース売りにして現金にして安くする！　す、すごい時代でした。同業者からは嫌な目で見られ村八分の様にされる時代！　でも主人のお友達は〝時代は今こういう時代だから店を移転して近隣のお客様に少しでも安くしてあげて喜んで頂ける店作りをしたら！〟とアドバイスを頂きました。

又、店舗探しです。周りの酒屋さんに知られないように。丁度コンビニエンスの店舗から五十メートル程離れた大通りに面した角地に店舗が見つかりました。〝香里園の駅〟から国道一号線に行く大きな通りで角店でした。店自体は四十坪程でしたが信号のある角店でした。常に車が往来する理想通りの店舗でした。コンビニエンスと倉庫は無理して買っていましたが、今回は保証金と家賃がいる借店舗でした。主人も私も時代の波を感じていましたのでその店舗を借り〝酒ディスカウント店〟を立ち上げました。モチロン、ヤマザキパンにはちゃんとお話をしてコンビニエンスストアーは閉店致しました。

酒ディスカウント店には内装にお金はあまりかからなかったのですが、商品・在庫に費用がかかりました。この店の保証金二〇〇〇万円、家賃四十万円。店に置く商品だけでもすごい金額でした。でも主人も私も時代の波を感じコンビニにも限界を感じていましたので、平成四年、酒ディスカウント店として立ち上げました。

いよいよ開店の日、商品もしっかり並べビールや日本酒その他もしっかり値段を書き揃え、いざ開店！　レジも二台あり！　私もパートさんも主人もアルバイさんも皆で万全の構えでお客様を迎えました。お客様も待っていたかのように入って来て下さいました。

今まで定価で売っていた商品を安くして売るのですから、お客様も喜ばれるし私達も嬉しかったです。ただビールとかは一パレット（当時は二十四ケースが一パレットでした）買いで仕入れて、その日から二十五日決済の手形で支払っていました。売上も現金でとっても嬉しいのですが、仕入れもこんな状態で大変でした。酒ディスカウント店に変更して単価も上がり売上も何倍にもなりました。当時は売上入金だけでも銀行さんが来てくれたりしました。事務も私一人では手がまわらなくなり、事務員さんも雇いました。事務員さんに手伝ってもらいながらお酒ディスカウント店と居酒屋の事務をこなしていきました。

お酒の売上も最初の三年間位は面白いように伸び嬉しい悲鳴をあげて

いました。売上も段々と落ち着いてきました。ただ年末の売上はすごかったです。お客様がお正月用にと日本酒やビール、ウィスキー、etc、いっぱい買って下さいました。当時はお歳暮用にもよく買って頂きました。

そうこうしている内に今度は倉庫の乱れが気になります。一年に一回パートさん達と大掃除をします。店も倉庫も！　出るわ！　出るわ！　期限のせまった物が！　酒類が多いので期限は充分あるのですが、やはり整理しないと！　期限の過ぎた物は倉庫の外の溝に飲ませたり、期限のせまった物は安くしたり景品をつけたり……主人も忙しいのでしょう！　余りこまかいことに気がつかなくて！　本当に整理しないとどうしょうもなくなります。

又、当時は商品に景品がよく付いてくることがありました。そんな景品を貯めておいて一年に一回、倉庫掃除の後でお店で一週間程抽選会をしました。〝ガラガラ〟の抽選機を借りてきて一〇〇〇円毎に一回とか、私達も楽しかったです。いろんな景品にお客様も大わらわでした。

酒ディスカウント店と居酒屋の経営。私と事務員さんとで毎日事務を頑張っていました。居酒屋の方も若い店長（主人の友達の子供さん）が頑張ってくれていたのですが、十年程経って彼が地元（高知県）に帰るとのこと、又店長を探しました。今度の店長は今までの人達とは違っておっとりしたにこやかな店長に出会いました。彼には奥さんも子供さんもいてすることはゆっくりなのですが、人柄が良くてまかせるには充分な人でした。おだやかな彼にまかせて何年か過ぎました。バイトさんもちょこちょこ入れ替ります。店も二十五年近く経ってきてなんとなく汚くなり（毎日パートさん達ときれいにお掃除はしているのですが……）、少しずつ私の心の中でズレを感じていました。

そんな時に出会ったのです。〝無農薬の野菜を提供しているお店〟に！　九州出発のそのお店は九州に何店舗かと静岡県の方に一店舗とか展開されていて、私は少しずつ居酒屋の経営にズレを感じていたものですから、そのお店に興味を持ち始めました。モチロン最初は飲食店業界の本で知りました。無農薬で育てている野菜を提供しているお店に興味を持ち、九州までそのお店を見学に行きました。その野菜を使ってお店を展開されている社長さんにも会い話をいっぱい聞きました。大阪に帰ってからも資料を沢山読んだり、又従事している社員の方にも話をいっぱい聞きました。そして居酒屋経営に将来を不安に感じていた私はオーガニック野菜のお店に心がかたむいていきました。

そして平成十五（二〇〇三）年五月、長年経営してきた〝居酒屋 人生劇場〟を閉店致しました。よく頑張ってくれた店長・アルバイトさんにはよく話をして閉店させてもらいました。

そして、平成十五（二〇〇三）年六月、オーガニックレストラン〝ティア〟を開店致しました。店の内装は殆ど変えないでテーブル、椅子もそのまま、カウンターもそのままで、テーブルセンターやカーテンetc、又、照明とかで雰囲気を変えました。

食材は九州から無農薬無添加の物を送ってもらい、又新しい社員さん、アルバイトさんを雇い、一から立ち上げました。お料理もサラダ・和えもの・煮物・炒めもの・揚げもの・焼きもの・etc、カウンターに大皿に入れて並べました。お客様が自分のお皿を持っていろんな料理をチョイスされて楽しそうに食べておられる姿をみると〝よかった〟と思います。

お客様は殆ど女性の方が多いです。お弁当も予約を聞いて作ります。お昼は十二時開店で十四時三十分閉店です。朝九時から十二時までに社員さん、パートさんでお掃除からお料理の仕込みに入ります。十一時三十分頃にはいろんなお料理がカウンターに並びます。サラダ・和え物・煮物・他、次々出来上がってきます。揚げものとか温かい物は十一時過ぎからして、十二時の開店には所狭しとお料理が並びます。順番にお客様を各テーブルに案内して、昼間は二・五回転ほどします。楽しそうにおしゃべりしながら召し上がられるお客様の姿をみていると〝あーよかった〟と思い、胸をなで下ろします。

そして男性社員には食事と休憩をとってもらって、十七時から夜の営業です。夜は居酒屋の時と違って〝ワイン〟をメインにしたおしゃれなレストランの営業です。前の居酒屋とは全然違う雰囲気なので、どうしてもお客様が限られてしまいます。カップルさんとかは来られるのですが……ランチは目がまわる程忙しいのに夜の営業はもう一つでした。でももう業態変更したのですから、後戻りは出来ません。

昼はいくら忙しくても客単価が低く、おいしいお料理を作るのに人手がいります。夜はおしゃれすぎて男性のお客様は入りにくかったのでしょうか！　頑張って頑張ってチラシを配ったり、夜は店で時々ライブをしたりしたのですが、毎月赤字で、一か月一〇〇万円位の赤字が出ていました。

毎月、毎月、どうしようか考えていました。一年程経ったある日、酒ディスカウント店をいろいろ教えてくれた時の社長が又、いい話を持ってきてくれました。〝本物の国産牛を提供するお店をしないか！〟と。お肉の詳しい話をして下さいました。そしてそんな国産牛を提供しているお店が大阪ミナミにあるとのこと！　すぐに視察に連れて行って下さいました。初めて頂いたその味！　美味しい！　ベタベタタレをつけないで美味しい塩でいただく！　ガスで焼くのではなく炭で焼いていただく！　ロース・ハラミ・バラ・ヘレ・サーロイン・ｅｔｃ、ただただ美味しくてびっくりしました。焼肉ってガスで焼いてタレをベタベタつけて焼く。その程度しか知らなかった私は一瞬、腰をぬかしそうになりました。モチロン〝タレ〟もありますが、塩を軽くふっただけのそのお肉の味！　ロース・バラ・ハラミ・ヘレ・サーロイン、それぞれの味の違い！　こんなにそれぞれの味が違うんだ！　柔らかさが違うんだ！　もうその時は驚きだけで後はどうしたか覚えていません。お肉の味だけが脳裏に残っていました。

平成十六（二〇〇四）年八月のある日でした。〝焼肉一丁〟というお店を立ち上げようと決心した日でした。主人共々、今営業しているお店をいつ閉店しよう。従業員にはいつ話をしよう。オーガニックレストラン〝ティア〟を契約しているオーナーにはいつ話をしよう。いろいろ考えました。まずオーガニックレストランのオーナーには十二月末で閉店したい旨を九月に、従事してくれている従業員にも十二月末で閉店することを九月に伝えました。いろいろ文句を言われたりしましたが、なんとか十二月末で〝ティア〟を閉店し、翌年から〝焼肉一丁〟開店にむけて進めてきました。

といっても酒ディスカウント店も辞めティアも辞め、ティアと同じ場所で改めて〝焼肉一丁〟の内装に！　三十年程居酒屋・オーガニックレストランを営んできた場所を全部とり壊して〝焼肉一丁〟に改装です。

酒ディスカウント店も辞めていたので全部合わせて億を超える借金！主人の実家からもお父様の死後財産は分けて頂いてはいたけれど……平成十七（二〇〇五）年億を超える借金をかかえていましたけれど〝焼肉一丁　香里園店〟を立ち上げました。

平成十七（二〇〇五）年が明けると共に〝社員募集〟〝アルバイト募集〟をかけました。四月開店予定だったので、それまでに社員さんをみつけてお肉のノウハウを勉強してもらわなくてはなりません。私もお肉の切り方、他を習いに行くと本部に伝えたのですが、〝無理だ〟と言われました。私はその時六十二歳でした。社員の男性が一人見つかり、彼が本部の方へ毎日の様に勉強に行きました。

内装も〝焼肉一丁〟規定の業者さんに入ってもらい、前の内装を全部無くし一からになりました。入口を入って右側にキッチン、左側から順番に個室が並びます。テーブルのまん中に焼き台が！　中には炭が入ります。煙も炎も全部まん中の焼き台が吸い取ります。そして外には長い煙突が四本も三階以上まで突き出ています。五人から六人がけの個室が七室、四人がけの仕切りの部屋が三室（仕切りをはずせば十二人入れる広い部屋になります）、そんな規模でいよいよ開店です。

内装は高くつきましたが個室なのでお客様は大喜びです。いくらお肉を焼いても店の中は煙だらけということはないのです。いつもすっきりしていて美味しそうなお肉だけが焼き台の上にのっています。そしてお客様の楽しそうな声が聞こえてきます。

莫大な借金を背負っての開店！　私の妹達二人は（下の妹も上の妹が結婚して三年後位に結婚しました）〝お姉ちゃんもう借金するのやめとき！〟と言ったのですが、私はもうこのお肉で借金を返すしかない！このお肉を近隣のお客様に召し上がって頂きたい！　とお肉にほれ込みました。妹達の助言もなんのその！　私はこのお肉を近隣のお客様に召し上がって頂きたい！　ただその一心だけでした。

又、居酒屋の時と違って客単価も倍以上になりました。妹達も私の姿に少しずつ納得してくれました。そして客席もきっちり詰めて全体で五十席程あったので客単価は高くなる、土・日は二回転はするという状態が続き、忙しいけれど嬉しい悲鳴をあげていました。

そうこうしている内に二年が過ぎたある日、海外に嫁いでいる娘から子供達を連れて帰ってくるとの知らせが！　私は嬉しい気持と海外の彼と上手くいかない状況の娘の気持を考えると複雑でしたが、すぐに主人と話をして受け入れる段取りをしました。狭い私達の住宅に同居しました。

子供達は上の子は四月から小学二年生になる男の子、下の子は小学一年生になる女の子で、日本に帰ってきたのは二月の寒い日でした。シンガポールという暖かい国からの帰国でした。

いっぺんに賑やかになりました。私も彼・彼女が生まれてから時々娘の所に行ったりしていましたので、子供達の英語とは少しは通じていました。彼・彼女達は完璧な英語での生活でした。でも早いものです。あっという間に日本語を覚え、四月の転校の時には大分日本語を話していたと思います。私が作る日本の料理も娘と一緒に食べてくれました。

娘も私達の仕事を手伝う目的で帰ってきてくれたとは思いますが、子供達もまだ小さいし大変だったと思います。娘は本部の方へ行って〝お肉〟の研修を受けました。私も孫達が学校に行っている間に書類を片づけたり店に行って話をしたりしました。

店長も一生懸命頑張ってくれています。毎月毎月の大きな返済も順調よく返していけています。娘も本部の研修が終りいろいろと勉強させてもらい、店に帰ってきました。店の方も店長が頑張ってくれているので少しずつ教えてもらい本当に順調に回っています。

そうこうしている内に本部の方から〝寝屋川店〟の方を運営してもら

えないかという話が！　建物は建っていて開店して三年位たっている状態であり、出来たら経営してほしいとのこと！　権利とかで少しお金はいりましたが、娘が入って経営することに致しました。

スーパー銭湯の敷地内です。部屋数は香里園の店より大分多かったです。香里園の店は十部屋ですが、寝屋川の店は十八部屋あったように思います。玄関も広くなかなか壮大だったように思います。

娘も本部でノウハウを勉強したので、後は持ち味の笑顔でお客様をもてなしました。小さな子供達を連れて日本に帰ってきて大変でしたが、生き生きしていました。私も娘の子供育てと店の資金繰りとで大変でしたが無我夢中で来ました。

又娘達も日本に帰ってきた時は私達の小さな家で一緒に暮らしましたが、近くにタワーマンションが建ったので、ちょっと無理してそのマンションをローンで購入致しました。

そんなこんなであっという間に五年が経ちました。娘の子供達も中学一年生と小学六年生に！　その年のお正月です。店はいつも一月三日から開店します。三日の日もいつも通り開店前に朝礼をします。お正月なので三日・四日・五日出勤してくれた人にはほんの少しお年玉を差し上げます。そしてその年、最初の開店です。お客様も待ち構えていたかの様に入って来て下さいます。嬉しい悲鳴をあげて一日、そしてその一年が始まります。

そして三日の日があけて四日の日です。朝十時頃、よく頑張ってくれていたパートさんの家からの電話です。電話に出ました。パートさんの息子さんからの電話です。〝どうされたのですか！〟と私。〝母が昨夜夜半から意識不明で今、病院です〟という電話！　びっくりしてすぐ病院にかけつけました。昨日あんなに元気に〝今年もどうぞよろしくお願いします〟と挨拶してくれたのに！　今は何を話しかけてもただ眠るだけです。何が何だか解らず悲しい気持で病院から帰ってきました。彼女は私より二歳年下です。コンビニエンスをしている時からお店に来て頂いているパートさんで“焼肉一丁”立ち上げの時から手伝って頂いています。かれこれ二十年位来て頂いている方です。真面目で優しく私の子供達や孫達にもよくして頂きました。〝由美子さん早く目を覚まして〟祈るような気持でいましたが、とうとう息子さんから電話がかかり息を引きとられたとのこと〝脳溢血〟とのことでした。〝あと半年したら年金がもらえるのよ！〟ってよく話もしました。悔しいでしょう！　私も悔しいです。〝やすらかに眠ってね〟と彼女の最期の姿に手を合わせました。

あれから又、店の方でも毎日忙しく過しておりました。そうこうしている内に今度は本部の方から寝屋川の店を閉店してほしいとの旨！　本部も同じ敷地内で〝スーパー銭湯〟を経営されていたのですが、これ以上経営が大変とのことで〝スーパー銭湯〟を閉めるとのこと！　同じ敷地内にある〝焼肉一丁寝屋川店〟も辞めるとのこと。本部の意向なのでどうしようもなく、私の方は寝屋川店を引き払いました。そして香里園店一本に集中することにしました。

香里園店はおかげ様でお客様に支持して頂いて毎日を忙しくしております。焼肉一丁にしてからの社員の男性もよく慣れて物事がしっかり出来ています。彼は自分の店を持ちたい夢をしっかり持っていて、若いですがなかなかしっかりしています。娘も香里園に帰ってきたし、彼も違う所で働いてみたいという気持が強くなったみたいでとうとうお店を辞める決断を致しました。飲食のノウハウはもう大丈夫と思います。〝頑張ってね〟という気持で彼を送り出しました。

そして娘が〝焼肉一丁香里園店〟を全面的に経営するようになりました。店の中はもう安心です。帳簿だけは私が完全に引き受けています。

そして一年一年が順調よく過ぎていきました。アルバイトさんも大学生の方達は気に入ったら在籍四年間は来てくれたりしました。アルバイトさんが常に十五人位、パートさんが三人位いて、営業になると六人から七人位で頑張っています。メニューもお肉のいろんな部位を塩味で！　タレ味で！　ホルモン・サラダ・スープ・ごはん類・ビビンパ・ｅｔｃ。美味しく美味しく召し上がって頂いてます。

そんなこんなでお店の方は順調よく頑張っていますが、私の身体にいろんなことが起こってしまいました。

今から八年前にさかのぼります。私は店も手伝いながら歌の勉強に月に一回先生の所に通っています。その日も朝十一時半頃家を出ました。二月の寒い日でしたが、オーバーコートを着て楽譜とバッグを持って十二時半頃駅に着きました。先生のお家は駅からすぐのところです。ちょっと早く着いたので、おいしそうなパン屋さんがあったので先生と孫達にパンを買いました。そして十分前に先生のお家に着きブザーを鳴らしました。私が早く着いたのですが、少し待ったら帰ってこられて先生と二人だけのレッスンが始まりました。発声練習から始まり前回練習した曲を三曲程、細かく指導して頂きました。しっかりレッスンを受けて帰りの電車に乗りました。乗り換えの駅に着きました。ホームに出て一歩、二歩と歩きました。大きな天王寺の駅で改札口も遠くに見えていたのに、私は気を失ってしまったようです。

気が付いたら天満橋の国立の大きな病院です。駅で倒れたのが夕方四時半位、病院で気が付いたのが夜十一時頃。私は何も解りませんでした。倒れてから気が付くまで六時間半も経っているのに、何も解りませんでした。気が付いたら病院のベッドの上で、娘や息子、妹達が私をのぞき込んで〝ママー〟〝お姉ちゃん〟と声をかけてくれました。私は助かったのです。生きているのです。もし誰もいないところで倒れていたら……考えてもゾーとします。駅の方もすぐ救急車をよんで下さったのでしょう！　今は皆様に感謝の気持でいっぱいです。病院に運んでもらい、その時は娘や息子夫婦、妹達の顔をみて安心して、又眠りの中に入ってしまったようです。本当に助かりました。

そして一日一日と回復するまで一か月かかりました。まず文字が書けませんでした。読むことも無理なようです。日が経つ毎に少しずつ解るようになりました。主治医の先生にきつく言われました。〝水を沢山飲むこと！　コーヒーやビールよりも水を！〟私は汗をかかないので水分は余りとりません。でもこれではダメのようです。それからは頑張って水分をとるようにはしていますが、汗は今でもあまりかきません。

そんなこんなで一か月入院し無事退院致しました。そして少しずつ元気になって元の生活に戻ってまいりました。七十一歳という年齢になっていました。一か月間の入院でした。盲腸での一週間位の入院しか知らない私にとっては長い入院でした。

退院して大分、文字は書けるようになり、得意の計算もぼちぼち出来るようになり、友達とのお付き合いも大分元に戻ってきました。店の経理は事務員さんに手伝ってもらい、大好きな歌の世界にも戻ってきました。ただあの駅（天王寺駅）に行くのは怖い！　そんな思いで大好きな歌のレッスンに行くのも辞めました。

そうこうしている内に二年が過ぎました。毎日元気で店の経理・歌の世界と楽しく過しておりました。ある日、税務署と社会保険事務所に行く用事があり、書類を持って朝から出かけました。香里園駅から三駅、京都寄りの枚方市駅で降り、二ヶ所回り書類を渡し、帰路につきました。〝ヤレヤレ〟という気持でほっとして、一人でお食事をしようと思いました。

枚方市駅のすぐ近くの大きな商業施設に入り、八階の食堂街に行きました。ランチを頂き景色を見ながら一人だったのですが楽しいひとときを過していました。お食事が終りおトイレに行きたくなり、一階下のトイレに行ったら超満員！　もう一階下のトイレに行きました。そこは静かで誰もいなく一人でトイレを済まし手を洗いました。そしてお化粧を直そうと鏡の方に向ったのですが、そこから記憶を失ったようで倒れてしまったようです。

誰もいない所で倒れたのでどれ位倒れていたかは解りませんが、今度は私自身が気がつき起き上がろうとしましたが、起き上がれません。一人でどうしようと思っている時に大学生のような感じの女の子が三人入ってきました。倒れている私をみてびっくりして〝大丈夫ですか！〟と声をかけてくれて、三人で起こして外のソファーのところまで連れて行ってくれました。女の子達にお礼を言って、私は店の方へ電話を入れました。店の方に事務員さんがいたのでびっくりしてすぐ来てくれました。

ソファーで待っている間、足が痛くてたまりませんでした。まさか足の骨が折れているなんて……。一人で我慢していましたが、まわりのお店の方が心配して優しく声をかけて下さいました。二十分程して事務員さんが来てくれました。びっくりしてすぐ車椅子に乗せてくれて（そのビルの方に頼んで車椅子を借りました）、一階まで降りてタクシーで枚方の外科病院まで連れて行ってもらいました。すぐに五階の手術室で緊急手術を受けました。

〝大腿骨骨折〟とのこと、又一か月程入院しました。〝人工骨〟を入れると一生それでいかなくてはならないとのこと、今回は〝ビス〟にして五年後位に又、様子をみて〝人工骨〟に変えましょう！　ということで先生の言われるようにしました。麻酔がかかっている間の手術だったので痛さは感じなかったのですが、麻酔がとけてからの痛さは……痛かったです。そして足も動かせません。あんなに自由に動かせていた足が動かせません。

でもリハビリはあくる日から少しずつ始まりました。二日程は殆どベッドに横になっていたのですが、三日目位からは自分自身でも少しずつ松葉杖をついて歩いたり……こんなことは本当に初めてです。でも仕方ないです。骨折しているのですから。

でも段々と病院の中を歩けたり出来るようになり、今まで自由に何でも出来ていたことが改めて有難く感じるようになりました。病院で同室の方とも親しくなったりして、又、病状の方も日々よくなってきました。退院の日、息子夫婦が迎えに来てくれました。久しぶりに帰る我が家！主人も娘と一緒に待っていてくれました。

忙しくはしていましたが何の不自由もなく生活していたのに、あの日突然こんなになってしまって……でも今回も何があった訳でもなく、自分自身が意識不明になっておこったこと！　何も責められません。でも無事、前回も今回もこの世に生き返ったこと！（少し大げさかも解りませんが！）有難くて改めて大事に生きなければと痛切に思いました。

私は五十五年間商売を続けてきていろんなことがありました。私はお客様と接すること・メニューｅｔｃを考えることも大好きですが、私自身の趣味としては歌が大好きです。

丁度五十歳の誕生日を迎えたある日、〝このまま商売だけで人生終るのイヤだな〟と思いました。小さい頃からの夢であった〝歌〟を習うことを考えました。

小学校四年生だったと思います。校庭で音楽の先生に出会いました。挨拶すると〝野田さん（私は旧姓野田です）、声がいいね〟って褒めて下さいました。たったそれだけだったのにいつまでも私の脳裏に残っています。

二十三歳から商売を始めて人前で歌うことなんて殆どありませんでした。ただ〝カラオケ〟は丁度私達の若い頃から始まりました。カラオケも楽しみましたが、何か物足りなく思っているところに〝シャンソン教室〟の名前が！　新聞に載っていました。ホテルでのレッスンです。丁度守口の駅前です。すぐに申し込みました。レッスン料はちょっと高かったのですがバブルの時です。

ホテルの最上階のピアノのあるラウンジで三十人位集まって先生のピアノでのレッスンです。雰囲気がよく、皆さん、おしゃれして集まります。楽譜を頂いて発声練習から始まってそして一曲を習います。次回もう一度その曲を仕上げて次の曲に行きます。〝バラ色の人生〟〝テネシーワルツ〟〝マイウェイ〟ｅｔｃ、知っている曲もあったり知らない曲もあったりで、少しずつ曲を覚えていきます。先生の優しい指導の元で！先生はいろんなステージで歌われるシャンソン歌手で二枚目でとってもステキな方です。レッスンが終るとティータイム！　ケーキとコーヒー又は紅茶が出ます。本当にステキなステキなホテルでのレッスンです。

そして一年に一回そのホテルで〝発表会〟があります。皆、出来る限りのおしゃれをしてステージに立ちます。チケット代は高かったと思いますが、皆、お友達を何人か誘って来てもらい、自分自身はステージに立ちます。私も若かったしステージに立つのはドキドキしましたが、歌詞を一生懸命覚えてステージに立ちました。スポットライトを浴びての出演！　一人で何十人ものお客様の前で歌う！　最初はドキドキ！　歌詞を忘れないようにで大変でしたが、少しずつ慣れてきました。最後には締めの先生のステージがあります。本当にお客様も私達も一体になります。

すべてが終ってお食事会です。同じホテルのワンフロアーで全員でお食事です。キャアーキャアーワァーワァー、解放感で皆、本当に楽しそうです。バブルの本当にいい時代だったと思います。

私もレッスンを続けたかったのですが、店の方も人が変わったりで大変な時期だったので、五年程楽しく過させて頂きましたが、辞めました。店の運営もしながら月に一回楽しんでいたのですが……そうこうしている内に又、歌を練習したくなって、又別の先生についで月一回レッスンに行ったりしていました。

そしてある日、お友達から〝ライブを聴きに来て〟と頼まれてチケットを買い行きました。小さなライブハウスですが、月一回シャンソンのライブがあるとのこと、楽しみに行きました。大きなピアノが一台あり、ピアノの先生が一人、歌手の方は二人（私のお友達ともう一人）でした。

　最初に主催者の歌手の方が挨拶と一曲、そして歌手の方が三曲ずつ、後半も主催者の方が一曲、歌手の方が三曲ずつ、全部で十四曲程聴けます。ピアノの伴奏で楽譜や歌詞を見ないでなので時々歌詞を忘れたりのハプニングはありますが、なかなか値打ちのあるライブです。そしてお客様はお食事をしながら聴けますので、とっても楽しいです。私も初めて行って〝いいなぁ〟〝歌いたいなぁ〟と思いました。

　そしてその日は終り、家に帰り主人に話し、あくる日を迎えました。お昼過ぎに昨日出演したお友達から〝次、出演しない？〟のお誘いの電話です。月に一回ステージに立って歌い、六か月間出演するとのこと。最後の月は十曲歌うとのこと。毎月チケットは十枚売るとのこと！　大変です。以前は発表会に出演するとしてもせいぜい一曲か二曲、お客様をよぶとしても一人か二人！　それが今度はチケットは毎月十枚売らなければならないし、歌う曲は六曲、そして最後の月は十曲、ちょっと考えましたがせっかくのチャンス！　又、頑張ろうと気持が高ぶってきました。

〝出演します〟とお返事を出して、それから特訓を受け、自分自身にもムチをうって練習しました。

最初の一回目はドキドキでしたが、段々と慣れてきて、月一回のステージを六か月間務めました。私の年齢は六十五歳になっていたと思います。その時があったからこそ今があると！　本当にその時の主催者の歌手の先生！　ピアノの先生！　感謝しております。その六か月間が終り、お友達も沢山出来ました。〝メイトコパンコピーヌ〟その時の名称です。次の六か月されるお友達二人も応援に行きました。〝メイト〟（略して今はこう呼んでいます）のお友達も次々と増えていき楽しく過していました。

又、一年間、男性のステキな先生にも少し指導して頂きました。シャンソン・カンツォーネ・日本の歌・ｅｔｃ、ステージマナーも教えて頂きました。
私は五十歳から、歌の勉強を始め、人前で歌えるようになったのは六十五歳。そして最初に歌えるようになったお店もなくなり、他のお店やステージで歌わせてもらったりして、気がつけば今七十九歳になります。

私は七十七歳の時にソロコンサートを致しました。丁度コロナが始まった頃です。最初は六月にする予定だったのですが段々とコロナの患者さんが増えてきて、七十七歳の記念ライブなのでお友達をいっぱい誘っていたのですが、キャンセルが一人二人三人と増え、もう辞めようかと思いましたが、ピアノの先生（最初からの先生）が〝よ志子さん、今辞めたら今度いつ出来るか解らないですよ！　頑張ってやりましょう〟と言って励まして下さり、私は自分自身にムチうってライブをすることに決めました。八月にすることに決めました。来店人数は大分減りましたが、先生にピアノを弾いて頂き、お友達五人にも出演して頂き、無事、ソロコンサートが出来ました。嬉しかったです。

私は五十数年商売をしてきてテレビドラマの〝細腕繁盛記〟が大好きでした。そのソロコンサートの最後に、自分の人生と細腕繁盛記の話をしました。本当に私の中では一体になっています。

そのソロコンサートにお誘いしたある歌手の人が来て下さって、私が最後に挨拶した言葉を聞いて下さって〝よ志子さん、細腕繁盛記、僕も大好きで見ていました。細腕繁盛記をテーマにライブしましょう〟と言って下さいました。若い男性の方です。びっくりしました。そしてどんなに嬉しかったことでしょう！　そして現在その方と〝細腕繁盛記〟&〝シャボン玉で歌いましょう〟とテーマをみつけてライブ活動をしています。

私の人生、二十三歳から酒屋・コンビニエンス・酒ディスカウント店・居酒屋・オーガニックレストラン・焼肉店と主人共々経営してまいりました。お酒の経験も無し・飲食店の経験も無い私が五十数年商いをしてきたこと、自分に聞いてみました。答えがありました。〝お客様の笑顔〟〝家族の笑顔〟でした。〝色々大変だったけれど楽しい人生だったな〟と今、しみじみ思っています。そして私を自由にさせてくれた主人に深く感謝しております。

**著者プロフィール**

## マダム　よ志子（まだむ よしこ）

本名　中西よ志子
1943年生まれ。大阪府出身。
酒屋、コンビニエンスストアー、お酒のディスカウント店、オシャレな居酒屋、オーガニックレストラン、国産和牛の焼肉屋などを経営してきた。
マダムよ志子として、シャンソンなどを歌う。

# 私の細腕繁盛記—歌とともに

2023年２月15日　初版第１刷発行
2023年10月15日　初版第２刷発行

著　者　マダム よ志子
発行者　瓜谷 綱延
発行所　株式会社文芸社
〒160-0022　東京都新宿区新宿１－10－１
電話　03-5369-3060（代表）
03-5369-2299（販売）

印　刷　株式会社文芸社
製本所　株式会社MOTOMURA


ISBN978-4-286-27035-7